Fast-food,
c'est fou!

BIOGRAPHIE

Fanny Joly vit à Paris avec son mari et ses trois enfants. Elle écrit un peu pour la publicité, beaucoup pour la télévision et le théâtre (notamment les sketches de sa sœur Sylvie Joly)... et passionnément pour les enfants.

Elle a publié plus de cent livres chez Bayard, Casterman, Hachette, Kid Pocket, Nathan, et a remporté de nombreux prix, tous décernés par des jurys de lecteurs.

Fast-food, c'est fou ! est le quatrième titre de la série « Marion et Charles » dans Délires.

Avis aux lecteurs

**Vous êtes nombreux à nous écrire
et nous vous en remercions.
Pour être sûrs que votre courrier arrive,
adressez vos blagues, vos gags
et autres histoires drôles à :**

Bayard Éditions Jeunesse
Collection Délires
3/5, rue Bayard
75008 Paris

ILLUSTRATIONS INTÉRIEURES :
CATEL
MISE EN COULEURS DE LA COUVERTURE :
AUDRÉ JARDEL

Fast-food, c'est fou !

SÉRIE MARION
DÉLIRES
ET CHARLES

FANNY JOLY

BAYARD JEUNESSE

Ce texte est paru précédemment
dans *Je Bouquine*
Loi n° 49 956 du 16 juillet 1949
sur les publications destinées à la jeunesse
© 2001, Bayard Éditions Jeunesse
Dépôt légal mars 2001
Tous droits réservés. Reproduction même partielle interdite.

ISBN : 2 747 002 04 7

AVERTISSEMENT !

Que tu aimes déjà les livres ou que tu les découvres,
si tu as envie de rire, la série **Délires** est pour toi.

Attention, lecteur !
Tu vas pénétrer dans un monde excitant,
où l'humour et la fantaisie te donnent rendez-vous
pour te faire rigoler et peut-être pleurer...
mais de rire !

Un été mal
embarqué

—**A**lors, on fait quoi, finalement, cet été? Les jambes en travers du canapé, la télécommande sous les doigts de pied, mon cher frère lance, ou plutôt relance le sujet. Personnellement, je l'avais déjà lancé dès février. En mars, j'avais insisté. En avril, j'ai accentué la pression. En mai, je suis passée aux suggestions. Les tropiques? L'Amérique? Une croisière? Une île, au moins, quelque part? Devant l'absence de réponse claire, j'ai fini par renoncer. Pour l'instant, Charles n'obtient pas plus de réponse que moi. En un sens, ça me rassure. Mais lui ne renonce pas. Il baisse le son de la télé et augmente celui de sa voix:

– Donc, pour les vacances, le programme?

Le regard gêné que papa jette à maman m'inquiète brusquement:

– Tu ne leur as rien dit, Christine ?

– Non… Toi non plus, apparemment…

– Non… Mais vas-y, toi…

Cette façon de se faire des politesses ne me dit vraiment rien de bon.

– Eh bien, cet été, on fait la cuisine ! finit par lâcher maman.

Les interminables jambes de mon frère retombent lourdement sur le parquet :

– Hein ?

Le temps que je me demande quel genre de stage diététique ou de séjour en milieu potager maman est allée dénicher pour les vacances, la voilà qui sort de son sac un dossier sur papier glacé, où une blonde au sourire niais fait semblant d'éplucher des légumes au milieu d'une cuisine rutilante, le tout sous un gros titre rouge : « Cuisines Onrev ».

– Voilà, explique papa, au lieu de se priver toute l'année pour s'offrir trois semaines de vacances d'été, votre mère et moi avons pensé à un projet qui nous fera plaisir toute l'année. On refait la cuisine à neuf !

Sourire commercial de maman, qui enchaîne illico :

– Quand vous allez voir ça, mes enfants ! Placards encastrés, hotte aspirante à trois vitesses, congélateur, micro-ondes, friteuse, four avec rôtissoire intégrée…

J'ai l'impression d'avaler un œuf dur. Tout rond. Avec la coquille.

– C'est un gag ? éructe Charles.

Le sourire de maman se mue en un rictus pincé :

– Reste poli, s'il te plaît ! Ton père vient de payer les 30 % d'acompte à la commande, alors il n'a pas envie de plaisanter !

Le regard que mon frère me lance est catastrophé mais solidaire, pour une fois.

– Et nous, alors, on va faire quoi ?

– Nous ? fait mine de s'étonner papa. Eh bien, on va surveiller le chantier !

– Non… je veux dire, Marion et moi…

– Marion et toi ? Vous n'êtes pas manchots, non ? Dès que le gros œuvre sera fini, j'espère que vous nous donnerez un coup de main pour avancer la peinture, les finitions et la menuiserie.

– Merci, mais la menuiserie, c'est pas ma spécialité, grimace mon frère avec son air suffisant de premier de classe qui me crisperait totalement si mes capacités de crispation n'étaient pas déjà mobilisées à 100 %.

Maman met ses mains sur ses hanches :

– Non mais, regardez-moi ces enfants gâtés ! On se paie enfin la cuisine dont on rêve depuis quinze ans…

– La cuisine dont tu rêves, maman, me semble-t-il utile de préciser.

– Et alors ? Vous n'y mangez pas dans cette cuisine, peut-être ? Ce n'est pas quand vous aurez quitté la maison qu'on se mettra à la rénover !

– Ce n'est pas cet été qu'on va la quitter, la maison, on dirait ! commente mon frère d'un air lugubre.

– Vous savez combien de Français partent en vacances, d'abord ? Même pas un sur quatre ! J'ai vu ça dans un journal l'autre jour. Où est-ce que j'ai vu ça, déjà…

Tandis que maman commence à soulever les couches de journaux entassés sur la table basse, Charles grince :

– Ils n'habitent peut-être pas Issy-les-Moulineaux, non plus !

– Comment ça ! Ils n'ont pas la chance d'habiter

11

Issy-les-Moulineaux, tu veux dire ! Avec tout ce que fait la municipalité : la piscine, le stade, le centre culturel…

– Et qu'on paie avec nos impôts ! tonne le contribuable excédé qui sommeille toujours en papa.

– D'ailleurs, je suis sûre que la municipalité organise des activités, des excursions, des…, hasarde maman dans la foulée.

– Peut-être même qu'on nous promènera en rangs par deux si on est sages, ricane mon frère.

– Ceci dit, si Charles et Marion veulent absolument bouger, ils peuvent toujours aller chez ta mère, lance papa.

– Tout à fait ! Ce serait gentil d'aller un peu chez Mamika. Vous y alliez tout le temps, avant. Vous vous amusiez beaucoup là-bas !

– Z'ai zuste peur que mes zambes soient trop grandes pour la balanssssoire, zozote mon frère en faisant mine de sucer son pouce.

Maman hausse les épaules :

– Charles a décrété qu'il ne voulait plus y mettre les pieds ! Et comme sa sœur répète tout ce qu'il dit…

Quel scandale ! Sous le choc, je me lève.

– Quoi ? Je répète tout ce qu'il dit, moi ?

– Tu devrais répéter un peu plus, tu aurais peut-être de meilleures notes ! pouffe mon frère.

– Et, d'ailleurs, Marion, insiste maman, si tu t'étais mieux entendue avec cette adorable Jennifer[1], elle t'aurait invitée en Angleterre, cet été.

– Je me suis super bien entendue avec Jennifer ! Ce n'est pas de ma faute si son père a été muté en Australie. Vrai ou faux, papa ? Mais si vous voulez me payer un billet pour Sydney, allez-y ! Je préfère ça à une rôtissoire !

– Oui, bon, tranche papa, c'est pas le tout ! J'ai faim, moi ! Alors, en attendant de manger des ortolans dans notre cuisine trois étoiles, qu'est-ce qu'on se met sous la dent ?

Ce soir-là, Charles, qui habituellement dévore toute son assiette, plus la moitié de la mienne, plus la totalité de ce qui reste dans le plat, a grignoté deux bouts de jambon d'un air dégoûté. Puis il est monté.

Quand j'ai poussé la porte de sa chambre, il était allongé par terre sans musique et sans lumière.

---

1. Lire *Jennifer l'enfer !*, n° 226 de la collection Délires.

– Pfff... Ils sont fous, les parents.

Pas de réaction. Mon frère est une momie.

– Remarque, on s'était bien marrés, la dernière fois chez Mamika. Tu te souviens ? C'était juste avant que tu partes en Espagne, tu m'avais appris à jouer au poker...

Il se redresse mollement sur un coude, l'œil glauque :

– Je t'ai appris à jouer au poker, moi ?

Que l'un de mes meilleurs souvenirs n'ait apparemment laissé aucune trace dans sa mémoire n'est pas fait pour me remonter le moral. Une bouffée de nostalgie alourdie d'amertume me plombe. Mais, bravement, je poursuis :

– Si on emmène nos vélos et la tente qui est au grenier, on peut peut-être monter un plan sympa, chez Mamika...

– Écoute, ton plan sympa, tu le prends, tu le plies bien et...

Et pour bien m'enfoncer, moi et mon mètre cinquante-deux, il ajoute :

– ... Et tu le ranges dans ta valise, bien au fond, avec ta poupée par-dessus, petite !

Les jours suivants, sous le soleil de juin, la classe

bruisse de projets comme une agence de voyages. Irlande, Autriche, Côte d'Azur, Italie, Allemagne, Espagne… j'ai l'impression d'être ficelée au quai à regarder les autres appareiller. Mouillaud, ce gros bêta, part visiter la Russie. Mon copain Juanito profite du retour annuel de sa famille au Portugal pour pousser jusqu'au Maroc. Il serait tout prêt à m'emmener sur le porte-bagages de sa moto bi-tri-quadri-cylindrée. Mais comment faire accepter ça à mes parents ? Là, je dois dire, c'est moi qui cale. Quant à Camille, ma meilleure amie, même si elle fait de louables efforts pour compatir à mon triste sort, ses yeux lancent des étoiles dès qu'elle me parle de son tour des États-Unis, organisé spécialement pour elle par son père et Alison, la nouvelle fiancée de ce dernier.

– Ce serait génial si tu pouvais venir, Marion. Mais tout est organisé depuis plus de six mois, tu imagines ?

J'imagine, merci.

Mais le pire, c'est cette pimbêche de Coralie Mussery, qui s'envole pour l'Indonésie dès mardi. À la dernière récréation, elle s'est approchée de moi, en crabe :

– Et toi, Marion, tu fais quoi, cet été?

– Moi, j'ai un projet super, un… un genre de randonnée avec mon grand frère…

Le plus dur, c'est d'avoir l'air d'y croire.

Lâchée

Le lundi suivant, au dessert, tandis que j'hésite vaguement entre une poire et un flan, mon frère ajuste son sourire carnassier avant de lancer :

– C'est grave si je ne suis pas là, cet été ?

– Comment ça ? fronce papa par-dessus ses lunettes.

– Non, parce que j'ai un projet pour le mois d'août... avec Félix... Il vient d'avoir son permis et...

En dehors d'être le copain préféré de Charles, Félix est mon copain préféré de tous les copains de Charles. Dès que je l'ai vu – à l'époque il était en CE2 et moi en CP –, j'ai eu un faible pour lui. Avec le temps, ce faible est devenu de plus en plus fort. Il faut dire que, dans son genre, Félix est un genre de perfection. Quand il était petit, il était trop mignon et trop gentil. Maintenant, il est carrément trop beau. Et toujours aussi gentil. Bien sûr, toutes les filles lui tournent autour. Les Coralie, les Blandine, les Sophie et les autres ne passent jamais une récré sans se pendre à son cou, et je sais très bien que moi, pauvre Marion Girardon, je ne serai jamais rien d'autre à ses yeux que la petite sœur, la toute petite sœur de Charles ; mais quand il me parle, j'oublie tout. Et quand il me sourit, j'ai l'impression de grandir d'au moins dix centimètres.

– Son permis ? bondit papa. Mais quel âge a-t-il ? Il a redoublé combien de fois ?

– Il est du début d'année, c'est tout. Et, si tu veux savoir, il a 14 de moyenne.

– Il n'a pas de voiture, quand même ?

– Non, sa mère lui prête la sienne…

– Sans doute une vieille guimbarde, lance maman, qui a tendance à croire que toutes les voitures ressemblent à notre antique Gling-Gling-Plotoploc-Ford, dont on se demande à chaque virage si elle ne va pas tomber en pièces détachées.

– Non, une voiture neuve ! cingle Charles.

Et sans laisser à la mine dépitée de maman le temps de s'installer, il démarre, tel un guide touristique survolté :

– Alors voilà, on s'est organisé un mégatour des châteaux de la Loire : Chambord, Chenonceau, Amboise, Azay-le-Rideau. On va étudier l'architecture romane, gothique et Renaissance. Les voûtes en ogive, les arcs-boutants, les mâchicoulis, les gargouilles, tout ça…

Le traître a préparé son coup. Il étale sur la table une espèce de dépliant, à mi-chemin entre la carte routière et le contrôle d'histoire-géo. Évidemment, maman plonge aussitôt.

– Oh ! Azay-le-Rideau ! Tu te souviens, Bernard, des tapisseries de l'escalier d'honneur ? Quelle merveille !

– Mmmhhh, commente papa, évasif. Et comment tu finances ta petite affaire, Charles ?

– No problem, j'ai trouvé du boulot jusqu'à fin juillet !

Maman s'extirpe de ses rêves de tourelles et de clochetons :

– Du travail ! Où ça ?

Là, le ton de mon frère se fait un peu moins triomphant :

– Boulevard Blanqui… Chez… Fast-Burger…

– Quelle horreur !

– Et alors ? plaide Charles. Si ça me permet de faire un voyage super intéressant ! L'argent n'a pas d'odeur, comme on dit…

– Ah si ! Justement ! L'argent de Fast-Burger, il sent la frite et la mauvaise graisse ! Et l'américanisation, aussi ! Tu sais ce qu'ils veulent, ces gens-là ? Se remplir les poches de dollars en nous faisant ingurgiter leurs cochonneries ! Et leur Coca ! Même pendant les repas ! Et tu sais ce qui arrive si tu laisses une dent…

– … «Trempée une nuit dans du Coca, y'a plus de dent», continue mon frère. Mais ça, c'est une rumeur, maman. Et puis on n'est pas obligé de se nourrir de hamburgers et de Coca pour travailler chez Fast-Burger…

– Tu as dû en avaler une bonne quantité pour en arriver à te faire embaucher là-bas.

– Inutile de demander pourquoi monsieur ne veut pas de carte de cantine, observe sombrement papa.

– Et moi ?

Personne ne m'a jeté un coup d'œil depuis dix minutes. Mon frère monopolise tout. Même le pot de glace vanille-cookie, dans lequel il cesse un instant de piocher à larges pelletées, pour se tourner vers moi, l'air mauvais :

– Quoi, toi ?

– Moi, je vais rester toute seule ?

Maman me passe le bras autour du cou comme si j'avais cinq ans et demi :

– Tu ne seras pas toute seule, ma chérie, tu seras avec nous ou avec Mamika...

L'image de Félix en bermuda dans un château Renaissance me donne une inspiration soudaine :

– Moi aussi, ça m'intéresse, les châteaux de la Loire !

Apparemment, j'ai mis dans le mille.

– C'est vrai, approuve maman, ce serait intéressant pour Marion aussi. C'est tellement magnifique !

L'œil de Charles se fait plus noir que l'épluchure de radis noir qui traîne dans l'assiette de papa.

– Oui, non, mais hé ! Moi, je travaille pour me les payer, mes vacances !

– Mais Marion a ses économies. Et puis, au besoin, on pourrait participer, propose maman dans un élan de générosité quasiment historique.

– Alors là, c'est dégoûtant! explose mon frère. Si vous aidez Marion, pourquoi je me décarcasse à bosser, moi?

Quel culot! Quand je pense qu'une partie de mes économies est passée à lui offrir des CD à Noël! Alors que lui, ce radin, m'a offert un bain moussant soi-disant à la pomme verte, qui sent la poudre à récurer. Il a dû l'acheter au rabais. Et, en plus, je ne prends jamais de bain! Écœurant!

D'ailleurs il a dû se sentir morveux: après le dîner, il a fui comme une anguille. Je suis montée, il est descendu. Je suis descendue, il est monté. Quand je me suis approchée de sa porte, je l'ai entendu la fermer à clé. Finalement, je l'ai coincé par surprise en train de se laver les dents dans la salle de bains.

– Tu veux pas que je vienne, c'est ça?

– Faudjrait peut-être me djemandjer mon avis avant dje tenter che genre d'incruchte. Et churtout l'avis de Félixche…

Inutile de me le dire deux fois. J'ai vérifié son emploi du temps. Le mardi, Charles a cours à 8 heures. Je me suis levée à 6. Dans la pénombre, j'ai repensé à cette vieille actrice qui s'habille en rose dans l'espoir que sa vie sera moins noire. J'ai mis mon pull rose, mes baskets roses, et j'ai filé avant que mon frère n'ait pointé le nez hors de sa couette.

Le métro aérien m'emporte à travers l'aube violacée, parmi les premiers parisiens filant, mornes, vers leur morne journée… En bas de chez Félix, la concierge en robe de chambre fleurie-fanée passe son premier coup de balai. À quel étage habite-t-il, déjà? Troisième? Quatrième? Tout est éteint. J'attends. La concierge me dévisage comme si j'étais fichée au grand banditisme :

– Z'attendez quelqu'un ?

Je m'éloigne, l'air de rien :

– Oui oui… non non…

Quelques gouttes commencent à tomber sur ma pimpante tenue d'été. J'aurais dû prendre un parapluie. Trop tard, la porte s'ouvre. Lui ? Non, un basset, truffe à ras de terre, tirant un vieux monsieur chiffonné sous un chapeau de feutre gris.

7 heures. 7 heures 10. 7 heures 20. Je fais les cent pas sous la pluie. La seule chose qui bouge, c'est le rideau jaunâtre, derrière lequel la concierge me guette à intervalles réguliers. Je commence à avoir l'air d'un caniche mouillé. Au moment où je tente de me recoiffer dans le reflet d'une porte vitrée, Félix sort du porche, en courant, une tartine à la main. Il ne m'a pas vue. Moi qui voulais avoir l'air de le rencontrer par hasard, je lui cours après comme s'il venait de me voler mon porte-monnaie :

– Félix ! Félix !

Il se retourne. Me regarde. Son regard, pour une fois, n'est pas complètement gentil…

– Marion ! Qu'est-ce que tu fais là ?

– Je sors de chez une cousine… une copine… Enfin t'en parles surtout pas à mon frère, parce que lui, il me croit chez…

– Oui, bon, tu m'excuses, mais je suis en retard. J'ai un contrôle de physique et si je rate le bus, je suis mal.

Mal ? Pas autant que moi ! J'entreprends de le suivre à petites foulées.

– Oui, non, juste une chose : c'est super, dis

donc, le projet que t'as avec mon frère, pour cet été…

– Ah… Il t'a raconté…

– J'étais là quand il en a parlé aux parents. Et, justement, maman a eu une super idée : ça te dérangerait si je venais avec vous ?

Félix met sa main devant sa bouche. Un peu comme s'il voulait y faire rentrer toute sa tartine d'un seul coup.

– Toi ? Oh non !

Au même instant, le bus apparaît au coin de l'avenue. Le beau Félix prend ses jambes à son cou sans un mot de plus.

« Toi ? Oh non ! », ça veut dire quoi ? Pas clair. Ça peut vouloir dire : « Toi ? Oh non, surtout pas ! ». Ou bien : « Toi ? Oh non, ça ne me dérange pas ! » Comme j'ai décidé de voir la vie en rose, je choisis la deuxième hypothèse…

Pourquoi pas toi ?

Félix a-t-il parlé à Charles? En tout cas, Charles ne me parle plus depuis trois jours. Plus un mot. Plus un sourire. Même plus une vacherie, c'est tout dire. Il doit penser que son silence parle pour lui. Mais pas forcément dans le sens où il l'entend. Moi, tant qu'on ne me dit pas clairement «non», je comprends «oui»!

«Qui ne dit mot consent», le proverbe existe, je ne l'ai pas inventé…

Ce qui existe aussi, hélas, c'est l'état de mon compte en banque. À force d'égarer mes relevés et de ne me souvenir que de mes dépôts, jamais de mes retraits, un coin de ma tête s'imagine toujours que mes sous me préparent une divine surprise. Eh bien non. L'employée de banque à lunettes n'a rien de divin. Elle est même carrément diabolique quand elle me tend le petit bout de papier sur lequel elle a inscrit mon score, la position de mon pauvre compte en ce mercredi 26 juin : 187 francs et 49 centimes. De quoi aller jusqu'à la porte d'Orléans. Bagneux, peut-être, si le vent souffle dans le bon sens…

À part emprunter de l'argent aux parents (dur, vu les circonstances) ou de braquer une banque (moins dur, mais plus risqué), on n'a pas encore trouvé mieux pour avoir de l'argent que de le gagner. C'est tout simple, il faut que je gagne l'argent de mes vacances. Tout simple à dire, mais comment faire ? Les Plessis-Crusot ! Ils n'auraient pas besoin d'une baby-sitter pour juillet, par hasard ?[1] Si c'était le cas, ils m'auraient appelée. Ils ont peut-être perdu mon numéro. Non, ils m'ont téléphoné deux fois pour que je garde Barnabé cet hiver.

De toute façon, qui n'essaie rien n'a rien… J'essaie… Sur le répondeur, la voix veloutée de Priscilla m'indique que je la joindrai sans

---

1. Lire *Baby-sitter, l'horreur !*, n° 230 de la collection Délires.

problème sur son portable, ou bien Patrick sur le sien, ou elle sur son fax professionnel, ou lui idem, ou encore eux deux sur le fax de la maison qui se déclenchera automatiquement dès que j'appuierai sur le bouton «start». Dommage, je n'ai pas de bouton «start» vu que nous, on n'a pas de fax (papa s'y refuse, sous prétexte qu'il est déjà assez empoisonné au bureau par cet engin de malheur).

Profitant de la tranquillité qui règne dans le salon en cette fin d'après-midi, je compose le numéro du portable de Priscilla. De nouveau sa voix sur un répondeur. Qui m'explique cette fois qu'elle est momentanément injoignable et me propose de laisser un message ou bien de la joindre à son domicile (à son domicile? J'en viens!) ou bien encore de ré-essayer ultérieurement.

D'ultérieurement en ultérieurement, j'en suis toujours au même point quand la porte s'ouvre sur Charles. Ou plutôt sur un serveur de Fast-Burger qui lui ressemble furieusement: chemise rouge, pantalon noir, nœud papillon jaune, casquette jaune et rouge à étoiles…

– C'est quoi, ce déguisement? Tu travailles au fast-food ou au cirque?

Puisqu'il ne me dit plus de vacheries, je m'y mets… Mais mon frère ne semble pas le moins du monde entamé par mon attaque. Méprisant, il me passe sous le nez:

– Il n'y a plus de place, c'est complet!

Il ne sort de son mutisme que pour affronter les parents. Surtout maman, qui pouffe sans retenue à la vue de sa tenue de choc:

– Alors, cette première journée?

– Trop cool!

– Qu'est-ce que tu as fait?

– Tout, quelle question!

– On vous lâche comme ça, à fabriquer les hamburgers? s'inquiète papa.

– Tu parles! Flanquer un bout de semelle entre deux ronds d'éponge, c'est à la portée de n'importe qui, persifle maman en laissant tomber ses escarpins du rocking-chair.

– Alors là! s'insurge Charles, outré, j'aimerais bien que vous veniez voir comment on travaille, les normes de qualité, la philosophie E + E/R

+ R/S + S/C + C et tout...

– La philosophie quoi? grimace papa.

– E + E = Équipe + Efficacité. R + R = Rigueur + Rapidité. S + S = Service + Sourire. C + C = Client + Content!

Maman se prend la tête entre les mains :

– Au secours! Ils nous l'ont lobotomisé, en une journée!

Toute la soirée, j'ai ruminé. En tremblant et en cachette, j'ai réessayé d'appeler les Plessis-Crusot à 22 heures passées, répondeur... Le lendemain matin, à 8 heures à peine, répondeur... À trois heures, comme Fulmio, notre bourreau-prof de maths était absent (première bonne nouvelle de la semaine), j'ai décidé de passer chez eux au retour du lycée. À défaut de répondre au télé-phone, peut-être qu'ils répondent quand on sonne. Bien qu'à cette heure-ci il n'y ait sûrement personne, je sonne. Miracle! Priscilla est là! Tailleur gris perle et sourire d'acier, elle m'ouvre dans un nuage de parfum chypré :

– Coucou! Comment, déjà... Sandra?

– Non... moi, c'est Marion.

– Ça va ? Je suis en train de grignoter un petit morceau à la cuisine. Je pars à Milan dans deux heures !

– Oh… je voulais juste vous demander : vous n'auriez pas besoin d'une baby-sitter au mois de juillet, par hasard ?

– Ah là là ! Cet été, le planning de Barnabé est full-full ! Il a un « summer-camp » de bébés-nageurs en Floride. Nous le rejoignons là-bas pour l'emmener faire une semaine de trekking au Nouveau-Mexique. Et ensuite nous revenons par l'Alaska parce qu'il a terriblement envie de voir des nounours en vrai ! Il est si sweet… Et vous, vous faites quoi, Marina ?

– Moi ? C'est-à-dire, j'aurais voulu essayer de chercher du boulot, mais…

Elle me regarde, l'air navré. Un instant, je me demande si elle ne va pas sortir un billet de sa poche pour me faire l'aumône. Mais le téléphone sonne. Et ce coup-là, elle répond !

– Hi, Stanley ! It's Priscilla… Where are you ? Honolulu ! Great !

Je m'en vais sur la pointe des pieds. Remarque-t-elle le malheureux sourire que je m'efforce de lui adresser avant de refermer la porte? De toute façon, quelle importance…

Plessis-Crusot, une croix dessus. Comment ai-je pu imaginer que ces gens puissent avoir besoin de moi? Ils n'ont besoin de personne, eux. Avec leurs téléphones, leurs fax, leurs liasses de dollars et de billets d'avion, le monde est à eux. Et moi qui n'ai même pas un ticket de métro pour rentrer! J'erre dans les rues, déprimée… Si déprimée que j'entre dans une boulangerie au hasard pour m'acheter quelques bonbons bien chimiques, dernier rempart contre le désespoir.

– Mademoiselle, qu'est-ce qu'il vous fallait?

La vendeuse est aussi souriante que je suis minée. En empochant mes guimauves et mes réglisses, je trouve le courage de lui lancer:

– Au fait, vous ne cherchez pas une vendeuse?

À ces mots, elle ne sourit plus:

– Pourquoi?

– Je sais pas… Il faut que je trouve un job… pour juillet…

– C'est moi la vendeuse, ici! J'ai cherché assez longtemps avant de trouver!

– Mais vous partez bien en vacances ?

– Je pars en août, quand on ferme…

C'est vrai que, en plus, les boulangeries ferment. Issy-les-Moulineaux, son mois d'août, ses rues désertes, sa poussière brûlante, notre cuisine en chantier, et même pas un croûton de pain à se mettre sous la dent. Mon faciès décomposé semble inspirer un instant de pitié à la vendeuse. Avant de se tourner vers le client suivant, elle laisse tomber :

– Essayez la mairie, peut-être… Monsieur, qu'est-ce qu'il vous fallait ?

Au point où j'en suis, pourquoi pas la mairie ? Au fin fond d'un couloir, je tombe sur un employé barbichu planté à côté d'un pot de lierre, que j'ai l'impression de déranger (je parle de l'employé).

– Bonjour ! On m'a dit que c'était ici pour… enfin. Je cherche un job en juillet…

Il me toise comme si je lui demandais son lien de parenté avec Mickey. Le formulaire qu'il me tend est plein de grilles, de cases et de numéros. À peu près aussi engageant que les équations du quatorzième degré de Fulmio.

J'hésite.

– Si je remplis ça, ça fait quoi?

– Ça rentre dans le fichier.

– Et ça sert à quoi?

– Au cas où des personnes consultent le fichier. La consultation du fichier, c'est mardi-jeudi 15-17 h. Et le vendredi, ça ferme à 16 h 45.

– Mais il y a des personnes qui consultent le fichier?

– Voyez avec le service, escalier C, bureau 849…

D'un stylo hésitant, je remplis : nom, prénom… À «numéro de sécurité sociale», je coince. Entre-temps, l'employé s'est plongé dans son programme télé. Je n'ai pas la force d'aller plus loin. Juste celle de déchirer le formulaire en deux, en quatre, en confettis. Il ne lève même pas le nez. Il s'en fiche pas mal. Ça lui fera une fiche de moins à classer…

Traînant les pieds et un cafard noir, je prends le boulevard Blanqui. Au loin, sur le gris des immeubles, un néon jaune et rouge clignote. Fast-Burger… Fast-Burger… Fast-Burger! Est-ce que Charles y serait? Je ne connais pas ses horaires, mais l'idée de le voir à l'œuvre me redonne un peu d'énergie. Je presse le pas. Et je souris presque en poussant la porte étoilée.

Surprise. Là où, à midi, on se bouscule pour trouver un coin de table où poser ses frites, à cinq heures de l'après-midi, la salle est vide. La musique dance semble presque trop dance, et la fille qui pousse son balai a l'air de mimer une fille qui balaie, tant le sol est impeccable. Sous les photos de hamburgers géants, un jeune Noir au sourire éclatant me regarde comme s'il m'attendait.

– Bonjour ! Kevin, à votre service !

Piqué sur sa chemise, un badge confirme : Kevin, à votre service. Je regarde sur les côtés, derrière. Pas trace de mon frère. Mais difficile de reculer. Je m'approche, tout en vérifiant la monnaie au fond de ma poche : 3,50 F.

– Euh… Un café.

Je déteste le café, mais c'est tout ce que je peux m'offrir. Avec des gestes vifs et précis, le garçon remplit un gobelet, attrape un plateau, y glisse un set de papier, me tend le tout…

Pourquoi pas toi ?
Tu cherches un job pour les vacances ?

Tu as envie de travailler mais pas d'expérience?
Rejoins une équipe dynamique et sympa.
L'équipe Fast-Burger n'attend que toi!

Incroyable! Je lis et je relis ces cinq lignes imprimées sur le set de papier. «Pourquoi pas toi?» À croire que ça a été écrit pour moi...

— Ça fait trois cinquante.

Face à moi, le Black est figé, main tendue.

— C'est... c'est vrai? Vous cherchez des gens, là, maintenant?

Il éclate de rire:

— Tu crois qu'on met ça sur les plateaux pour faire joli?

— Mais je veux dire... Comment ça marche? Il faut faire quoi?

— C'est Farid, le manager, qui fait passer les entretiens. Tu veux le voir?

Comme au foot, saisir la balle au bond!

— Oui!

Deux minutes plus tard, un petit type style Charlot bronzé, œil nerveux et fine moustache, me tend la main:

— Bonjour! Moi, c'est Farid, assieds-toi.

J'essaie de me mettre au diapason. Franche et décidée, je m'assieds.

– Bonjour! Moi, c'est Marion…

Il me regarde bien en face. Je le regarde bien en face.

– Alors, Marion, tu es intéressée par un job d'été?

Brusquement, le bla-bla de Charles me revient, un grand vent de culot me soulève, il faut que je gagne mes vacances, je vais gagner mes vacances.

– Disons que je suis quelqu'un de très dynamique, j'aime beaucoup le travail en équipe, et j'ai vraiment envie de mettre mon énergie au service des clients, pour que les clients soient… plus contents!

Le sourcil de Farid se soulève:

– Tu connais du monde ici?

Flairerait-il l'embrouille? Je m'empresse de nier:

– Non non…

– Comment tu t'appelles?

Aïe! Si je dis mon nom, il risque de faire le rapprochement. Mais si je commence par donner un faux nom, je suis mal partie. Je me frappe le front:

– Que je suis bête! Si! J'ai mon cousin, en fait! Je crois qu'il travaille ici. Mais je ne le vois pas très souvent, Charles Girardon.

Un sourire plein de sympathie éclaire le visage de Farid :

– Ah ! Charles ! Formidable ! Super équipier, Charles !

Je ne vais pas dire le contraire. Bien que…

Je me fabrique un sourire de bonne cousine :

– Oui… très très… sympa… Charles…

– Écoute, Marion, on a pas mal d'équipiers qui nous quittent, là. Avec l'été, gros turn-over, plus que ce que je prévoyais. Si tu es aussi performante que ton cousin, tu seras vite opérationnelle. Tu peux faire un essai lundi, le 1er juillet, si tu veux…

Si je veux ? J'essaie de rester calme :

– Je… j'aimerais beaucoup.

Quelle surprise !

Farid me met entre les mains de son assistante-manager, Cynthia, une rousse à la bouche pulpeuse et aux ongles peints en bleu. Derrière ses jambes fuselées, je fais le tour de l'établissement : le comptoir côté pile, les caisses, les armoires à boissons, les grills, les friteuses, le «bin», où s'alignent les hamburgers prêts à être mangés... Jusqu'à un petit bureau où, entre le coffre-fort et la pointeuse, elle me montre le panneau de planning.

– Donc, si ton essai se passe bien, tu ferais quatre fois quatre heures par semaine, O.K. ?

J'ai l'impression d'entendre en écho une voix solennelle : «Marion Girardon, voulez-vous prendre pour juillet ce job chez Fast-Burger, pour le meilleur et pour le pire ? »

– Oui !

– Tu as bien seize ans…

Question subsidiaire ? Question suicidaire. La réponse est non, mais puisque Cynthia semble penser le contraire, ma réponse est :

– Oui. Bien sûr.

– O. K. Il me faudra quand même une autorisation parentale, pour le dossier…

– O. K.

Je prends l'air tout cool… Je ne sais pas comment je vais faire, mais je vais le faire ! Au même instant, Farid passe la tête :

– Tout va bien ? Cynthia, pour lundi, tu mets Marion à l'essai avec Charles Girardon, ils sont cousins…

Je voudrais crier : « au secours, non, pitié ! », mais Cynthia me prend de vitesse. Ses lèvres de star s'étirent en un sourire extasié :

– Charles ? Tu es la cousine de Charles ! Ah, il est génial, Charles, je l'adore…

Décidément ! Ce n'est plus une embauche, c'est un pèlerinage ! Ils devraient venir faire un tour à la maison, Charles tomberait peut-être de son piédestal… Mais bon, sois cynique, Marion. Si la

légende de ton frère peut te servir, profites-en.
Avec tout ce qu'il te fait endurer, tu ne l'as pas
volé !

Cynthia ouvre une armoire, dont elle sort un chemisier rouge, une jupe noire, un nœud papillon
jaune, une visière étoilée et une clé.

– Voilà ta tenue. Tu en es responsable. Elle doit
rester impeccable. Ta clé de vestiaire, le B 32.
Rendez-vous lundi à midi. Et… embrasse Charles,
surtout, si tu le vois !

Si je le vois ? Je ne vois que lui ! Mais j'ai tout sauf
envie de l'embrasser ! Enfermée à triple tour dans
ma chambre, serrée dans ma jupe, flottant dans
mon chemisier, coiffée de la visière qui me donne
l'air d'un oiseau déplumé, je passe mon samedi à
faire des essais devant la glace de mon armoire.

À voix basse, sous un flot de musique, je répète
sur tous les tons :

– Marion, à votre service. Votre commande, s'il
vous plaît… Sur place ou à emporter ? Curry,
oignon, Hawaï, mayonnaise, barbecue…

Je tente désespérément de me réciter les sauces
que Cynthia m'a montrées. Impossible. Quand je
tiens la californienne, je lâche la mexicaine. Et si

je coince la tonkinoise, c'est la tabasco qui m'échappe.

Le lendemain, tandis que maman découpe le poulet dominical, je tourne ma langue sept, dix-sept, soixante-dix-sept fois dans ma bouche. Dire? Ne rien dire? La question me coupe l'appétit.

– Alors ça marche, les hamburgers? Pas encore dégoûté?

Je sursaute. Mais la question de papa s'adresse à Charles.

– Non, au contraire! claironne mon frère.

Le haussement d'épaules qu'échangent mes parents me cloue le bec. Urgence: ne rien dire. Si je réclame ma demande d'autorisation pour Fast-Burger, c'est mon arrêt de mort que je signe. J'ai intérêt à me construire un solide alibi avant de disparaître de la maison demain et les jours suivants.

Tout l'après-midi, je cherche... Camille? Maman sait qu'elle est partie aux États-Unis. Visite à une vieille dame, à des malades, projet humanitaire? Ils ne me croiront jamais. Est-ce le tintement des cuillères dans les tasses à thé? Sur le coup de «five o'clock», l'inspiration me tombe: «Sky! my english!»[1] Mon lamentable niveau en anglais! La planche de salut rêvée!

Je fonce au salon:

– Au fait, j'ai oublié de vous dire, demain, je passe un test pour un stage d'anglais organisé par le collège. Si je réussis, j'irai quatre fois quatre heures par semaine, pendant tout juillet…

– Un stage d'anglais? Et tu t'es inscrite! siffle papa, émerveillé. Alors là, bravo.

– Et comment! approuve maman.

– À votre place, j'attendrais les résultats du test! persifle Charles.

Les applaudissements des parents couvrent sa voix et me donnent une pêche d'enfer. Aussitôt remontée dans ma chambre, je réussis ma vraie-fausse autorisation parentale du premier coup sans une rature. Même la signature de papa!

À minuit, toutefois, un doute me saisit quand j'entends Charles chantonner de l'autre côté de la cloison. Est-ce que je ne devrais pas aller lui annoncer… Genre «Charles, voilà, je voulais te dire, un hasard, une coïncidence, une surprise…»

---

1. «Ciel, mon anglais!»

Oh, et puis on verra bien! Quand on était petits, maman nous disait toujours qu'il ne faut jamais dévoiler les surprises à l'avance…

Me voilà donc, ce lundi 1ᵉʳ juillet, en train de me battre avec les boutons de mon chemisier rouge derrière la porte du placard B 32. Il ne fait pas chaud dans ce sous-sol, et pourtant je me sens moite. Un peu comme avant un orage.

Quand, soudain, une main s'abat sur mon épaule:

– J'hallucine ou quoi?

J'essaie de prendre un air détendu:

– Salut, Charles…

Je me sens soulevée de terre. Frêle poupée dans la main de King Kong…

– Tu m'expliques ce que tu fais là?

– Quoi… On est en république…

– Je te demande ce que tu fais ici, dans cette tenue!

Mon air détendu commence à fondre:

– Comme toi… Je gagne mes vacances.

– Tes vacances! Quelles vacances?

Les mots ont du mal à sortir du nœud qui se resserre dans ma gorge:

– Euh… Les châteaux de la Loire…

– Ah parce que ça ne t'a pas suffi de te ridiculiser l'autre matin devant Félix ? Tu t'imagines qu'on va te traîner avec nous ? Alors, je vais être clair : Félix et moi, on a rendez-vous le 1er août avec Cristina[1] et sa cousine à la frontière espagnole, et on part camper sur la Costa Brava. Donc, les châteaux de la Loire, t'iras toute seule ! Tu as compris, ou je te fais un dessin ?

Sous le choc, je suffoque :

– Mais… Et les parents ?

– Quoi, les parents ?

– Tu leur as menti ! Tu es un menteur ! Un sale…

– Et toi ? Tu veux que je leur parle de ton stage d'anglais, aux parents ? Pot de glu ! Verrue ! Espèce de petite…

À cet instant, Cynthia débarque, ondulante. Avec un sourire enjôleur, elle pose sa main aux ongles repeints en vert sur la nuque de mon frère.

– Alors, les cousins, on fait les fous au lieu de se préparer ? Allez, on vous attend là-haut !

---

1. Lire *L'amour toujours*, n° 231 de la collection Délires.

Menu Big Clash

En haut de l'escalier, Farid nous couve d'un regard paternel :

– C'est chouette de travailler en famille ?

Bon sang ! Il va gaffer sur « cousin-cousine » ! Je sens la sueur ruisseler dans mon dos. Tandis que je presse le pas, mon frère adresse au manager un sourire d'enfant de chœur :

– Super chouette, Farid.

Farid m'arrête. Il sort de sa poche un badge, « Marion, en formation », qu'il épingle sur mon chemisier comme si c'était la Légion d'honneur.

– Charles ! Tu fais le maxi pour qu'elle démarre sur les chapeaux de roue, notre petite nouvelle…

– Compte sur moi ! assure Charles avec une conviction qui semble enchanter Farid, mais qui me glace d'effroi…

Mon frère prend place derrière sa caisse et attaque d'une voix trop forte pour être honnête :

– Alors, voilà, Marion, ça, c'est la caisse. Ici, le sel, le poivre, le sucre, le ketchup et la moutarde… Quand des clients arrivent, d'abord tu souris et tu dis : «Bonjour, Marion à votre service»… Vas-y, souris…

Je tourne le dos à Farid. Ça me permet de tirer la langue à mon frère au lieu de lui sourire.

– Bien ! commente Charles, imperturbable. Ensuite, à mesure que les clients passent leur commande, tu tapes chaque article. Regarde, tu as une touche par article. Comme ça, tu édites le ticket et tu dois encaisser, en rangeant bien ici les pièces, là les billets, avant de préparer tes plateaux. Vu ?

– Formidable ! On va pouvoir te nommer responsable de formation, Charles ! s'enthousiasme Farid au bout de l'allée.

– Par exemple, continue mon frère comme s'il parlait à un bébé, un menu Big Fast, avec une bière, et…

Et là, il s'arrête brusquement. Panne de son. Il

regarde ailleurs. Il sifflote. Je me retourne, et je comprends tout : Farid a cessé de nous observer, estimant sans doute ma formation sur les rails…

– Et… quoi ?

– Et débrouille-toi ! Tu ne crois pas que je vais passer mon temps à tout t'expliquer, non ? Tu veux jouer les grandes, eh bien, vas-y, petite !

Et, ce disant, il recule, les bras croisés, l'air d'un spectateur qui attend que le rideau se lève.

Midi douze. Dans la salle, une dizaine de clients ont déjà attaqué leur repas. Derrière le comptoir, sur ma gauche, une petite équipière chinoise, visière au ras des lunettes, s'affaire sur le rouleau de sa caisse. À ma droite, un grand équipier boutonneux sert un couple d'Américains. La porte s'ouvre sur une mère de famille flanquée de quatre bambins. Pourvu qu'elle aille sur ma voisine… Aïe ! Avec ma veine, c'est vers moi qu'elle vient. Mes yeux doivent ressembler à ceux d'une chouette prise dans des phares. Je m'efforce de sourire :

– Bonjour… Ma… Marion, à votre service…

– Qu'est-ce que vous voulez, les enfants ?

Matthieu ? Clémence ? Julie ? Arthur ?

– Des frites. Moi veux des frites, plein plein plein…

– Y a quoi comme zouet dans la boîte ?

La dame me regarde :

– Qu'est-ce qu'il y a comme jouet avec les « menus enfants », mademoiselle ?

Je regarde Charles. Qui regarde délibérément à l'opposé.

– Je… ne sais pas, mais ça doit être très bien !

La dame arrange ses cheveux, hésitante :

– Bon, de toute façon, on ne vient pas pour manger des jouets. Alors, je commande au hasard, on verra bien. Un Maxi Giant, un Super Gouda, un Royal Chicken, un Crazy Bacon, un Crunchy Toasty, quatre frites, pas les Méga Big, les Big Big seulement, quatre Whoopy fraise et comme boissons…

Un Maxi Giant. Un Maxi Giant. Où c'est, ça ? Il y a au moins cent touches sur cette caisse ! Je cherche, je cherche… Victoire ! Le voilà !

– Excusez-moi… Après le Maxi Giant, c'était quoi ?

La dame me regarde, interloquée.

– Comment ? Vous n'avez pas enregistré au fur et à mesure ?

– Si si… Mais…

Elle a commandé au hasard. Tant pis, j'enregistre au hasard. Je presse des touches, n'importe lesquelles, à gauche, à droite. Des chiffres s'affichent, ça crépite. Et, tout à coup, la caisse émet un biiip, aigu comme un ultra-son : *Please check operations — Error data control — Please check operations…* Sur le petit écran au-dessus des touches, les mots défilent, défilent. En anglais, bien sûr ! Toujours là au bon moment, ceux-là ! J'appuie sur étoile, sur flèche, sur stop, sur zéro. Tout ce que j'obtiens, c'est un bip trois tons plus haut.

Le plus petit tambourine sur le comptoir :

– Moi veux pas la Big Big Frites, moi veux la Méga Big Frites, mamaaaaan !

– Arrête, Arthur !

Derrière la dame, un client, deux clients, trois clients commencent à s'agglutiner…

– Bon alors… Qu'est-ce qui se passe ? Ça avance ?

– Charles !

Et, derrière moi, mon frère qui refuse de coopérer.

Au secours ! Qu'est-ce que je peux faire ? Juste au

moment où je vais craquer, Charles me pousse, appuie sur trois touches. Comme par miracle, l'écran s'éteint, le bip se tait.

– Excusez-la, elle est en formation, explique-t-il à la cliente, l'air mi-accusateur, mi-navré.

Cynthia rôde. Tout s'explique ! Sous le regard de l'assistante, Charles reprend en main la situation. Le ticket s'édite. Les plateaux s'alignent. Cynthia s'éloigne. Impossible de retenir les injures qui fusent entre mes dents.

– Tu es vraiment une ordure, un fumier, un…

– Occupe-toi de tes frites et tais-toi !

Les frites. Les frites. Ah oui, c'est là-bas. Combien en fallait-il, déjà ? Au moment où je vais saisir les deux cornets de frites brillantes et dorées qui attendent sur le côté de la friteuse, quelqu'un me bouscule. C'est la Chinoise. Elle n'a pas l'air contente.

– Hé ho ! C'est mes frites ! Les petites nouvelles qui font semblant de débarquer et qui piquent les frites des autres sans en remettre à cuire, je connais ! Alors, tu fais tes frites toi-même, et tu ne touches pas aux miennes, O. K. ?

Je fais mes frites ? Mais comment ça ? Où sont les patates ? Où est le couteau ? Je n'ai jamais fait de frites de ma vie, moi !

Debout devant sa caisse, Charles me lance des regards sans pitié :

– Ça vient, Marion ?

– Je ne trouve pas les patates !

– C'est toi la patate ! Pousse-toi ! Va au Whoopy.

– Au Whoopy ? C'est quoi, le Whoopy ?

Mon sale frère ne répond pas. Il est déjà en train de vider un sac de frites surgelées dans l'huile bouillante.

– C'est quoi, le Whoopy ? C'est où, le Whoopy ?

Le grand boutonneux passe par là. Il semble avoir pitié de moi. Il me tire jusqu'à une espèce de tour en tôle, installe un gobelet sous un tuyau, pousse deux boutons, soulève une manette et s'en va. Un flot rose mousseux sort en volutes, remplit la coupe, monte, déborde, dégouline le long de la machine comme un gros serpent sournois. Comment j'arrête ça, moi ? J'ai beau agiter la manette dans tous les sens, le serpent avance, avance. J'essaie de boucher la sortie du tuyau avec mes mains. C'est pire que tout. Ça déborde de partout. J'en ai assez! Et dire que j'ai voulu partir en vacances avec mon frère! Je le déteste! Je le hais! Et ce sale truc qui continue à cracher du rose partout! C'est pire que l'Apprenti sorcier! Je n'en peux plus! Je vais pleurer! Je pleure!

Bouh bouh bouh…

– Qu'est-ce qui se passe?

Farid vient de stopper le serpent. Consterné, il me regarde. J'essuie mes yeux de mes mains pleines de crème. J'essuie mes mains pleines de crème et de larmes à mon chemisier…

– De toute façon, je ne veux plus partir en vacances avec lui! Je vais lui casser la figure!

– Mais qu'est-ce que c'est que ce souk? murmure Farid, ahuri.

Et comme si ça ne suffisait pas, au moment où je me dirige comme une furie vers mon frère qui est en train de secouer son panier de frites: vision d'apocalypse, à côté de mon effroyable reflet dans la glace du fond, qui vois-je? Papa!

Je me jette à terre comme un reporter de guerre. Sans même prendre le temps de donner un mot d'explication à Farid, effaré, je rampe. Je dévale l'escalier. Le sous-sol. Vite, me cacher. J'ouvre une porte. Un nuage glacial me saute à la gorge. Zut! Les frigos. J'ouvre une autre porte. Une vapeur fétide me saute au nez. Le compacteur à poubelles! Avec un grondement lourd, régulier, il est en train d'écraser des emballages et des gobelets. J'ai l'impression d'être un déchet. Si je reste une minute de plus, je vais être broyée, moi aussi, lacérée, hachée par cette machine infernale. Fuir. Fuir. C'est la seule issue. Issue de secours! C'est marqué là-bas. Je pousse une lourde porte noire. Un parking. Immense. Vide. Froid. Sans musique. Sans frites. Je respire. Ça sent le gaz d'échappement. M'échapper. Mes vêtements, au fait! Ils sont restés dans le placard B 32! Je pousse la porte pour retourner les chercher. Impossible. La porte est bloquée. En travers, une bande fluo indique : « Porte coupe-feu. Maintenir fermée. »

Je cours. Je fuis. Je sors du parking comme un rat de son trou. L'air, le ciel, le soleil m'étourdissent. Pourvu que personne ne me voie! Boulevard Blanqui. Rue des Lilas. Avenue de Mai.

Je vole. Les gens me regardent passer comme une folle. Je suis une folle. Mais comment je vais rentrer à la maison ? Ma clé ! Au B 32, aussi ! Tiens, un vélo dans la cour. Dolorès ! Dolorès fait les carreaux…

– Maman est là ?

– No ! Il est pas là, sou mama !

Chère Dolorès ! Pour un peu, je me jetterais à son cou !

– Ma vous se diguise le carnaval ? C'est pas cezourd'hui le carnaval !

– Non non, Dolorès… C'est juste une blague… Una blagua… Pas un mot, chut, motus, dire nada à madame Girardon, O. K. ?

Son chiffon à la main, comme statufiée, Dolorès me regarde monter quatre à quatre les escaliers.

J'arrache ma visière, mon nœud papillon, ma chemise poisseuse, ma jupe affreuse… Jamais mon lit ne m'a paru aussi moelleux, aussi accueillant, aussi délicieux…

Cinq heures. Six heures. J'attends Charles de pied ferme. Mais c'est papa qui arrive le premier. Il a son sourire de hamster blagueur. Que sait-il ? Que mijote-t-il ? Je crains le pire.

– Alors ! ça a marché ?

– Quoi ?

– Ton test d'anglais ! Tu en fais une drôle de tête !
Le stage d'anglais ! Je l'avais complètement oublié, celui-là…

Le temps que je commence à bredouiller un vague bafouillis, papa sort de sa poche une enveloppe.

– Remarque, tu n'en auras pas forcément besoin. Regarde ce que j'ai trouvé au courrier, ce matin.

Mes doigts fébriles déplient une feuille de papier bleu où je reconnais la grande écriture penchée de Jennifer :

Chère Girardon famille !
Je ne pouver croire un si bon nouvelle. Ma parents bénéfitent d'une large maison en sud Angleterre, exactment en Bournemouth, pour cette juillet. Nous le savent just maintenant que nôtre cousins laisser ce large maison à nous.
Et bien sûr, Marion… Tu viennes ! Please ! Et bien sûr Charles aussi vienne s'il plaît à lui… Je suis si tellement content que nous pouver nous voir parce que Sydney serait vraiment trop loin… Je peur j'ai oublie un peu le mon français avec ce long temps. Mais nous parlent très beaucoup et il va vite improver, n'est-il pas ?

Je lis, je relis, je ne sais plus où j'en suis :

– Mais… mais… Et le prix du billet ?

– Je me suis renseigné. Entre les tarifs étudiants et les prix cassés par la concurrence, franchement, we can afford it[1] ! Ce serait bête de laisser passer une telle occasion, non ?

À cet instant, Charles pousse la porte. Comme par réflexe, je plie la lettre.

– Je peux te parler, Marion ?

Il m'entraîne dans sa chambre, l'air grave. Mon cœur bat. Qu'est-ce qui va encore m'arriver ? Je reste debout. Il s'assied :

– Écoute, j'ai été trop loin, voilà…

Si mes bras étaient démontables, ils seraient déjà par terre.

– Mais… ça veut dire quoi, ça ?

– Ça veut dire, je m'excuse.

Il baisse la tête. Il a l'air sincère. Du coup, je la relève, moi :

– C'est un peu facile, ça ! Style : je te donne des coups de marteau sur les doigts, et après je m'excuse !

---

1. «Nous en avons les moyens.»

– Je suis passé chez Félix… J'en ai discuté avec lui. Si tu veux, tu peux venir…

La main sur la porte, je savoure chacune des syllabes de ma réponse :

– Merci, mais je n'en ai plus envie. J'ai d'autres projets, figure-toi.

Et je disparais sans un mot de plus. À mon tour de faire des secrets !

Sauf que mon secret à moi ne reste pas secret bien longtemps. Dès les carottes râpées du dîner, papa lance :

– Charles, tu as vu la lettre de Jennifer ?

– Quelle lettre de Jennifer ?

– Tu ne la lui as pas montrée, Marion ? s'enquiert maman d'un ton de reproche.

– J'ai oublié…

– Va la chercher, voyons !

Quelques instants plus tard, en repliant le papier bleu, mon frère semble perplexe.

– Ce serait quand même plus intéressant pour toi que de vendre des hamburgers, non ? attaque maman.

– Cela dit, remarque papa, cette expérience chez

Fast-Burger, ça n'est pas nul pour lui, Christine. J'y suis passé à midi, pour voir. Tu n'imagines pas comme ils se débattent, là-dedans, à l'heure du coup de feu !

Charles rosit, son nez transpire, sa voix chancelle. Il aimait bien Jennifer, certes, mais de là à abandonner Cristina... Il me fait penser à un animal traqué :

– Et puis j'ai signé, moi, chez Fast-Burger ! Et puis, avec Félix, on a tout organisé, les châteaux de la Loire...

– C'est vrai que tu es bon en anglais, toi ! admet maman. Si tu devais faire un voyage linguistique, ce serait plutôt en Espagne.

Mon frère me regarde, quasi suppliant. Je le tiens par la barbichette. Par la baratinette. D'un mot, je pourrais le faire plonger : mais ce serait trop facile... Je suis petite, peut-être. Mais j'ai une grande âme, moi. Enfin, j'essaie :

– Tiens, Charles, passe-moi le sel, s'te plaît...

FIN

SÉRIE MARION ET CHARLES

DÉLIRES

Retrouve Marion et Charles
dans toutes leurs aventures !

Et pour **délirer** encore,
lis cet extrait
de

Jennifer, l'enfer !

de Fanny Joly

To break. I broke. Broken... To buy. I bought. Bought... To leave. I left. Left...[1]

Qui pourra m'expliquer pourquoi to break fait I broke, broken, pendant que to leave fait I left, left. Et pourquoi pas leaven ? Hein ?

Quand je dis que les Anglais sont tordus, je n'invente rien ! Ils me cassent la tête, les Engliches, avec leurs verbes irréguliers. Surtout que chaque fois que je me tue à essayer de me les enfoncer dans le crâne, mon cher frère, comme par hasard, se met à travailler son saxophone, là, de l'autre côté de la cloison. Je supporte ça régulièrement, sans broncher. De toute façon, que faire d'autre ? Mon frère a deux ans et trente-huit centimètres de plus que moi.

---

[1] Casser... acheter... laisser...

Do – fa – sol – do – fa dièse – mi – fa – si bémol…
Ce soir-là – était-ce l'épuisement de la fin juin ou
le fait que, depuis plus d'une heure, Charles
s'acharnait exclusivement sur les huit premières
notes de *Round about midnight?* –, soudain, mes
nerfs ont lâché. J'ai bondi de mon fauteuil à rou-
lettes comme un pilote de son siège éjectable :

– Ho ! Quand t'auras fini de te prendre pour
Charlie Parker, je pourrai peut-être bosser mon
anglais !

Charles a levé sur moi un regard d'azur enfumé,
façon jazzman new-yorkais :

– Ben quoi ?

– J'essaie d'apprendre mes verbes irréguliers,
figure-toi. Et ça fait deux heures !

– Calmos, la ronchon ! (C'est le gentil surnom
qu'il me donne, ces temps derniers.) Je les ai
appris avant toi, ma biche. Et ça n'a pas fait autant
de bruit !

– Ah oui ? Mais y avait peut-être pas autant de

bruit ici, non plus, pour t'empêcher de travailler! Et dans la série «bruit», j'ai claqué sa porte de toutes mes forces. La cloison en a tremblé. Heureusement, elle est habituée.

Mon frère m'énerve. Ce n'est pas nouveau, mais ça ne s'arrange pas avec l'âge. Sous ses airs de ne pas y toucher, toujours en train de rigoler, c'est le seul type que je connaisse qui soit premier en maths et en gym. Et aussi, accessoirement, en français. Et en anglais. Et qui, en plus, passe ses soirées à souffler dans un saxophone. Mal. Enfin, c'est mon avis. En fait, il paraît qu'il joue bien. Parce que, en plus, monsieur s'offre le luxe d'être musicien. Alors que je chante comme une casserole. Avouez qu'il y a de quoi être agacée. Presque autant que par les Anglais, leurs idées tordues et leurs verbes irréguliers…

Pourtant, l'an dernier, en 6ᵉ, j'avais bien démarré en anglais. On avait monsieur Lamare, un gros rondouillard qui suçait des cachous sous notre nez sans jamais nous en proposer. C'était un bon gars, Lamare. On n'arrivait même pas à lui en vouloir. Il me disait toujours :

– Not bad, not bad[1], Miss Girardon. Vous faites des progrès.

À la fin du premier trimestre, je parvenais à articuler tant bien que mal :

– My name is Marion Girardon. I am twelve years old[2].

J'ai fait un tabac avec ça au déjeuner de Noël chez ma grand-mère maternelle. C'était le bon temps ! Cette année, quand la Chéberèque s'est pointée, le premier matin de ma rentrée en 5e, j'ai tout de suite senti le vent du boulet. Son chignon et le fin duvet qui ombrait ses lèvres pincées étaient assortis au gris de sa jupe lustrée. Quant à son cartable, noir, ventru, il m'a fait penser à ces vautours

---

[1] Pas mal, pas mal.
[2] Je m'appelle Marion Girardon. J'ai douze ans.

qui attrapent des moutons dans leurs serres pour les déchiqueter. Mais là, les moutons, ce serait nous.

– Good morning. My name is Miss Chéberèque. I am your new English teacher. Be quuuuiet, wiiiiill you ?[1]

Il n'était pas huit heures et quart, et déjà elle poussait son cri de guerre. Ce «quuuuiet, wiiiiill you ?[2] », combien de fois l'avons-nous entendu, au long de l'année ? Mille fois ? Dix mille fois ? Je préfère ne pas y penser. Avant la fin de la première heure, en tout cas, elle nous avait mis au courant de ses tics et de ses tarifs :

– Nous ferons une interrogation «légère» au début de chaque cours. Bilan tous les cinq cours. Contrôle en fin de trimestre. Quatre heures de retenue à ceux qui oublient de laisser quatre car-

---

[1] Bonjour. Je m'appelle Mlle Chéberèque. Je suis votre nouveau professeur d'anglais. Soyez sages, s'il vous plaît.
[2] Sages, s'il vous plaît.

reaux dans la marge pour la correction. Idem pour ceux qui ouvrent le dictionnaire, pendant les cours comme pendant les devoirs.

Mouillaud, ce gros bêta, a levé le doigt :

– C'est quoi, idem, M'dame ?

– Misssss ! a rectifié Chéberèque en sifflant comme un serpent. Vous viendrez mercredi après-midi réfléchir à la question, jeune homme. Et vous me copierez la définition d'idem deux cents fois. En anglais.

Puis, comme un mouvement de panique agitait les rangées :

– Be quuuuiet, wiiiiill you ! Dernier point : il est formellement interdit d'utiliser de l'encre ou un Bic rouge. La couleur rouge m'est exclusivement réservée pour corriger, a-t-elle conclu avec un petit sourire de vampire gourmand.

– C'est pas vrai ! Elle a rien d'autre à faire le soir que de corriger des devoirs, cette mémé ?

On a eu beau essayer de se défouler pendant la

récré, notre moral était miné. Et ça n'a cessé d'empirer.

À la Toussaint, je présentais les premiers symptômes d'une sérieuse allergie à la langue de Shakespeare. À Noël, j'étais carrément «English-proof [1]». C'est simple : dans ma tête, l'anglais refusait d'entrer. Comme l'eau dans les montres waterproof [2]. Ma moyenne, elle, a plongé sans hésiter : à Pâques, elle ressemblait à l'aiguille du mont Blanc. Dans le sens de la descente. Et pas de remonte-pente en vue. Mes parents m'ont lancé un premier avertissement : j'avais intérêt à me reprendre au troisième trimestre, sinon… Sinon quoi ? Ce n'était pas clair. Je ne me suis pas affolée…

Il faut dire que c'est à Pâques, avec Camille, qu'on a démarré *Chebby chez les Zoulous*, et ça m'intéressait bien plus que mes résultats d'anglais. Camille est ma meilleure amie. Je l'adore, cette

[1] Résistant à l'anglais.
[2] Imperméable.

fille. On ne se ressemble pas du tout, mais ça ne nous empêche pas de nous assembler. Elle est fille unique. J'ai un frère. Elle croule sous les sous ; à la maison, on court derrière. Son père est producteur de disques, divorcé, avec des chemises à fleurs, des gros cigares et des téléphones partout. Mon père est informaticien, solidement marié, détestant le rock, la télé, la vidéo, le téléphone, et « tout ce qui abêtit » (c'est lui qui le dit !). Ma mère, elle, travaille dans un laboratoire pharmaceutique. Elle est « diététique et vie saine » à bloc. Autant dire qu'il est dangereux d'arriver devant elle avec un Coca, un chewing-gum ou un hamburger ! Bref, j'adore aller chez Camille, m'enfoncer dans la moquette, écouter la musique à fond, me bourrer de beurre de cacahuètes ou fouiller dans ses placards qui ressemblent à des magasins de fringues.

Mais Camille a encore autre chose que je lui envie par-dessus tout. Elle dessine comme elle respire.

Naturellement. Sur n'importe quoi, un coin de buvard, un ticket de métro, c'est toujours juste, chouette, rigolo. Un jour des vacances de Pâques, j'admirais dans son living des aquarelles signées d'elle que son père venait de faire encadrer.

– Moi, si je dessinais comme toi, Camille, je ne ferais que ça toute la journée.

– Mais je sais pas quoi dessiner !

– Tu ne sais pas quoi dessiner ? Attends, je vais te donner des idées !

C'est comme ça qu'est née *Chebby chez les Zoulous*. Une B. D. férocement originale, conçue par Camille et moi à la sueur de nos heures de liberté. Elle au pinceau. Moi au stylo. Chebby, c'est Chéberèque, transformée en chèvre, avec son cartable sur le dos et son Bic rouge derrière l'oreille. Dès le premier épisode, Chebby se fait voler son Bic sacré par une mouette qui le revend à un vampire, lequel s'embarque pour le Congo... À la rame sur son cartable, Chebby tra-

verse les océans afin de retrouver son Bic chéri.
Mais le temps qu'elle débarque sur les côtes
d'Afrique, le Bic est devenu le talisman d'une
tribu atrocement féroce...

Découvre vite la suite de cette histoire dans

*Jennifer,
l'enfer !*

N° 226

Et pour **délirer** encore,
lis cet extrait
de

Baby-Sitter, l'horreur !

de Fanny Joly

– Alors moi, jamais j'aurai rien pour écouter de la musique dans ma chambre, jamais, c'est ça ?

Papa suspend sa fourchette de salade tomates-mozarelle en plein vol. Mauvais signe : c'est son plat préféré.

– Écoute, Marion, on a déjà parlé de ça hier soir. C'est le sujet unique au menu de tous les dîners, maintenant ?

Maman me gratifie d'un de ces sourires diabolangéliques dont elle a le secret.

– Et les étrennes de Mamika, Marion ? Ça sert à ça !

– Tu essaies de me faire rire, là, Maman, ou pleurer ?

À coups d'étrennes de Mamika, je l'aurai en 2020, mon lecteur de CD…

– Il faut apprendre la patience, ma petite Marion...

Ça, c'est Charles, mon géant de frère, mon nul de frère, qui a deux ans, quarante centimètres et un lecteur de CD de plus que moi...

Et qui insiste, la bouche aussi pleine de mozarelle que de condescendance :

– D'ailleurs, pourquoi toujours écouter la musique des autres ? Hein ? Fais comme moi, joue ta propre musique...

Je bondis, prête à mordre :

– Propre, ta musique ? Infecte, oui ! Ton saxo pourri, qui me casse les oreilles, je...

Papa me coupe d'un coup sec de couteau sur le bord de son assiette :

– Je ne sais pas si le saxo de ton frère te casse les oreilles, mais moi, vos bagarres me cassent les pieds... Alors, du calme ! Et si tu veux faire grimper ta cagnotte, Marion, ramène-nous plutôt des bonnes notes. Tiens, je te fais une proposition : à partir d'aujourd'hui, toute note au-dessus de 15 vaudra son prix en francs. Un 16 = 16 francs. Un 17 = 17 francs…

Je me demande souvent à quel moment mon père est le plus redoutable : quand il parle ou quand il se tait. En l'occurrence, il a ajouté :

– Et si c'est en anglais, je double la mise.

Sacré papa, il appuie toujours là où *it hurts*[1]. L'anglais par exemple. Malgré mes bonnes résolutions, malgré les super lettres de Jennifer[2], ma correspondante de l'été dernier, malgré le départ à la retraite de Miss Chéberèque, my *dreadful*[3] ex-prof d'anglais, ma moyenne n'a qu'à peine décollé du zéro pour se hisser péniblement entre 4 et 6. De là à viser le 15… Autant tenter l'ascension de Buckingham Palace[4] à mains nues par la

[1] En anglais : ça fait mal.

[2] Voir Délires n° 226, Jennifer l'enfer.

[3] Horrible.

[4] Le palais de la reine d'Angleterre.

face nord un jour de pluie…

– Merci, P'pa! Tu prends pas trop de risques…

– *It's up to you, Marion, darling*[1]…

Après ce décourageant dîner, je suis montée dans ma chambre où j'ai vaguement essayé de réviser mes verbes irréguliers. Encore plus décourageant. To buy, I bought, bought: acheter. Ah, acheter un lecteur de CD… Il n'en faut pas plus pour que mes pensées s'évadent aussitôt vers la divine machine de mes rêves: CD-K7-Tuner-Ampli-Stéréo-Recherche-Rapide-Avant-Arrière.

Au même instant, comme pour me narguer, mon sale frère attaque à tue-tête un solo de saxo de l'autre côté de la cloison. Trop, c'est trop. J'ouvre la porte de sa chambre d'un coup de pantoufle excédé:

– Charles!

– Un problème en anglais, petite?

---

[1] C'est à toi de décider, Marion chérie…

– Je t'interdis de m'appeler « petite », je te l'ai déjà dit cinq mille trois cent soixante-douze fois ! Sinon…

– Mmmh… Sinon quoi ?

Sinon quoi ? Vite, je lève le museau vers lui, comme une souris face à un éléphant. Je ne vais quand même pas le menacer de le cogner. Ce serait ridicule…

– Sinon… sinon ça m'humilie, voilà ! Je sais que je suis petite pour treize ans. Raison de plus pour me soutenir un peu, non ? Qu'est-ce que ça peut te faire que j'aie un lecteur de CD ? Ça t'enlèvera pas le tien ! Si t'étais sympa, tu me le prêterais de temps en temps, d'ailleurs…

À ces mots, mon frère fait mine de tomber de sa chaise :

– Te le prêter ? Tu veux ma chemise, ma brosse à dents, mon saxo pendant que tu y es ? Ton lecteur de CD, t'as qu'à le mériter, ma peti… Pardon, ma cocotte… T'as qu'à travailler…

– Hé! Oh! Tu vas pas te mettre à parler comme papa, toi!

– Non, moi, je veux dire travailler, gagner de l'argent... Dans ma classe, il y a plein de filles qui le font. Ma voisine, elle garde un bébé dans son immeuble : elle est toujours bourrée aux as. En plus, le gamin, il dort sans arrêt. Elle, elle écoute de la musique, elle regarde la télé, elle pioche dans le frigo, elle a même le droit de téléphoner.

– Sans payer?

– Comment ça, sans payer! C'est elle qui est payée, tu veux dire : trente francs de l'heure, minimum. Elle m'a dit qu'elle se faisait souvent cent vingt francs dans la soirée...

Mes yeux roulent comme les cases d'un jackpot. Prix du lecteur de CD divisé par tarif horaire de baby-sitter, le tout mis bout à bout avec mes économies : j'ai envie de sauter au cou de l'institutrice qui m'a appris jadis à faire les divisions de tête... En vingt heures, à moi le CD-K7-Tuner-

Ampli-Stéréo-Recherche-Rapide-Avant-Arrière de mes rêves !

– Mais où ça se trouve, des boulots comme ça ?

– Y'a des annonces. Faut chercher…

Le lendemain, à peine sortie du collège, j'ai sillonné le quartier à la recherche d'une annonce-jackpot. Les annonces, c'est comme les œufs de Pâques : il suffit de savoir qu'il y en a pour en trouver. Le problème, c'est qu'elles ont plus souvent quelque chose à vendre ou à louer qu'un job à proposer. Chez le quincaillier, un papier jaunâtre vantait une tronçonneuse d'occase. Chez le boulanger, c'était un lit de bébé (moi, c'est pas le lit qui m'intéresse, c'est ce qu'il y a dedans !). Chez le boucher, des… cours d'anglais. *Thank you so much* [1], très peu pour moi (heureusement que papa ne fait pas souvent les courses : je le vois déjà partir acheter des côtelettes et rentrer avec des heures sup' d'anglais…) !

---

[1] Merci bien !

J'ai terminé mon périple au supermarché, derrière une colonne et devant un tableau de liège recouvert de petites annonces de toutes les tailles, de toutes les couleurs et de toutes les nationalités. À mesure que je les déchiffrais, ma déception s'intensifiait : une bonne moitié des annonces étaient bien des annonces de baby-sitters. Mais de baby-sitters cherchant du boulot, nuance !

DELPHINE, ÉTUDIANTE EN PUÉRICULTURE…

SOPHIE, AÎNÉE DE CINQ ENFANTS…

ISABELLE, ADORANT LES BÉBÉS…

Comment faire le poids face à tout ça ? J'aurais voulu lancer ces annonces au nez de Charles pour lui apprendre à me causer de fausses joies…

Au moment où j'allais partir, un type en costume de pédégé m'a bousculée, l'air pressé-stressé. Il a sorti de sa poche un papier, grimacé devant le manque de place… Puis, d'un index impitoyable, il a fait sauter une dizaine de punaises, jeté en boule autant d'annonces comme de vulgaires papiers à cabinet pour placer bien au centre du tableau son bristol à lui, où j'ai lu ces mots :

HELLO ! JE M'APPELLE BARNABÉ ET JE CHERCHE UNE BABY-SITTER SUPER SYMPA POUR ME GARDER. 01 43 36 75 80. URGENT.

Le temps que je me retourne, le pédégé s'engouffrait dans une voiture noire garée sur le trottoir. Je suis restée un moment à déguster son annonce comme une friandise.

Une baby-sitter super sympa ? Pourquoi pas moi ?

Ce soir-là, entre les parents qui ont le syndrome de la facture et Charles qui est toujours pendu au téléphone, il m'a fallu jouer serré pour accéder au combiné. Vers 20 heures 30, papa devant la télé, Charles aux W.-C. (avec une B. D.) et maman dans son bain, j'ai eu un créneau inespéré. J'ai fait le numéro : occupé. Toutes les étudiantes en puériculture, les aînées de cinq enfants, les Delphine et les Sophie devaient déjà être en train d'appeler. 01 43 36 75 80. Trois fois, dix fois : occupé. Au douzième gling, papa est arrivé :

– Tu téléphones à qui, exactement, Marion ?

– Rien, euh… Juste à une copine, pour… euh… À propos du devoir d'anglais, euh… la version, les questions, tout ça…

---- **EXTRAIT** ----

Découvre vite la suite de cette histoire dans

Baby-Sitter, l'horreur !

N° 230